PLASTIQUE APOCALYPSE

RESTER VIVANT

PLASTIQUE APOCALYPSE

Arthur Ténor

le muscadier
L'éditeur qui cultive le bon sens

Dans la même collection

- *À la belle étoile* (Éric Sanvoisin)
- *Emma* (Tess Corsac)
- *Jours de soleil* (Claire Mazard)
- *L'art de ne pas être des moutons* (Christophe Léon)
- *Le 9e continent* (Dominique Corazza)
- *Le réveil de Zagapoï* (Yves-Marie Clément)
- *Les murs bleus* (Cathy Ytak)
- *Pas bête(s) !* (Christophe Léon)
- *Phobie* (Fanny Vandermeersch)
- *Pripiat Paradise* (Arnaud Tiercelin)
- *Station Sous-Paradis* (Jean-Luc Luciani)
- *Sur le dos de la main gauche* (Anahita Ettehadi)
- *Traits d'union* (Cécile Chartre)
- *Trouver les mots* (Gilles Abier)

48 rue Sarrette – 75685 Paris cedex 14
www.muscadier.fr
info@muscadier.fr

Directeur de collection : Christophe Léon
Couverture & maquette : Espelette
Photographie : © Sergey Nivens/123RF
Mise en page : Mathilde Huaulmé

ISBN : 979-10-96935-09-3
ISSN : 2493-6170
1re édition – 1er tirage

MIXTE
Papier issu de sources responsables
FSC® C115933

À Nathalie,
avec qui je partage le même amour
de notre planète Terre,
et la même inquiétude
pour l'avenir de notre espèce

Dans le coquet pavillon de banlieue sud, à une cinquantaine de kilomètres de Paris, l'excitation était à son comble.

« Dans quelques instants, nous allons donc accueillir Richard Buttler, le président de BioTech Ingénierie, pour vivre ensemble un évènement – n'ayons pas peur des mots – *historique* ! Mais ce sera après une courte page de publicité. À tout de suite ! »

La jeune et jolie présentatrice du magazine télévisé *Ils vont changer notre monde !* eut beau accompagner l'invitation de son plus charmant sourire, elle suscita quand même un tollé chez les Karadine. Même le chien y alla de sa réprobation.

— Tu protestes, chéri, fit remarquer madame, mais c'est quand même grâce à la publicité que ta boîte réussira à faire fortune.

— D'abord, ce n'est pas ma boîte, sinon c'est moi qui passerais à la télé, et non ce…

Monsieur lorgna son fils unique, Alexandre, qui l'écoutait avec une attention soutenue, et préféra garder en bouche la grossièreté qu'il s'apprêtait à prononcer…

— … ce bouffon de première classe, lâcha-t-il quand même (et le fiston sourit). Ensuite, notre découverte n'aura aucunement besoin de publicité pour devenir le succès commercial du siècle.

Alexandre approuva fermement de la tête, en écho à la détermination paternelle. L'admiration qui luisait dans le regard bleu ciel de ce garçon déluré de douze ans, à la chevelure blonde perpétuellement en bataille, émut presque aux larmes son père. Légitimement, celui-ci pouvait se targuer d'être le premier biochimiste de l'histoire à avoir réussi la genèse d'une bactérie qui n'existe pas dans la nature. Il esquissa un sourire, puis reporta son attention sur le grand téléviseur LED fixé au mur du salon. Quand le *jingle* annonçant la fin des spots publicitaires retentit, il éprouva un surcroît d'émotion. Il glissa une main dans celle de son épouse, assise à sa droite sur le canapé, et de l'autre ébouriffa un peu plus la tignasse de son rejeton qui, sans doute pour la première fois de sa vie, n'émit aucun grommellement d'agacement.

Le plateau de l'émission télévisée s'était transporté dans l'une des salles de recherche du laboratoire de la société BTI. Son PDG, Richard Buttler, se tenait à gauche de la présentatrice. Raide et sérieux, il s'efforçait de ne rien laisser paraître de ses sentiments, mais son œil luisait d'une jubilation contenue. Derrière eux, deux scientifiques en blouse blanche faisaient semblant d'œuvrer en manipulant des tubes à essai, tout en s'efforçant de paraître naturels. Leur attitude fit éclater de rire Dimitri Karadine.

« C'est Léonard et Jordi ! s'exclama-t-il. Vous ne les reconnaissez pas ? »

La journaliste prit la parole, coupant court aux commentaires des trois téléspectateurs.

— Monsieur Buttler, je vous laisse la parole. Présentez-nous l'innovation mise au point par vos chercheurs, en nous expliquant en quoi elle va changer notre monde.

Le président la remercia, puis entama l'exposé qu'il avait préparé et répété avec son chef de projet, Dimitri Karadine. Ce dernier le connaissait lui aussi par cœur, si bien qu'il le récitait à mi-voix en même temps que son patron :

— La minuscule créature que nous avons inventée dans ce laboratoire est une cousine d'une bactérie mangeuse de pétrole, connue depuis plusieurs décennies. On l'utilise principalement pour lutter contre les marées noires. Elle porte le doux nom d'*Alcanivorax borkumensis*. La nôtre aussi est vorace… puissance mille ! Nous l'avons baptisée Plastivorax…

« Buttlerix ! précisa Dimitri Karadine. Mais ça, il ne va quand même pas oser le lâcher. »

Il plissa un sourire amer, car bien qu'il fût le principal inventeur de la bactérie, son patron s'en était approprié tous les mérites. Aussi, pour ne pas lui faire de l'ombre, se trouvait-il à cet instant, non pas sous les feux des projecteurs, mais chez lui devant sa télé comme le plus insignifiant des citoyens.

— Elle dévore principalement les polymères synthétiques à base de pétrole, poursuivait Buttler. Plus simplement dit, la matière plastique.

— Elle dévore, dites-vous ? intervint la présentatrice. Comment cela ?

— Comme le feu. Mieux que le feu ! Car plutôt que de détruire le plastique comme le ferait un incinérateur, elle le transforme en un composé carboné aux multiples possibilités de recyclage.

— Pourriez-vous nous montrer cela ?

— Bien sûr !

Le PDG se retourna, présenta les deux hommes en blouse blanche, puis invita ceux-ci à procéder à la démonstration souhaitée. L'un d'eux plaça, en la couchant, une petite bouteille en plastique vide, sans son étiquette d'origine, dans un bocal de verre disposant d'un couvercle étanchéifié par un joint de caoutchouc, et relié par un tube de verre à un récupérateur de gaz. Durant ce temps, l'autre chercheur puisait dans un container à azote liquide une éprouvette contenant des paillettes bleutées. Il jeta une seule de ces dernières dans le bocal que Richard Buttler nomma *bioréacteur*. Puis le patron annonça :

— Pour enclencher le processus, il suffit de chauffer un peu. Quand la paillette atteindra les trente degrés centigrades, les Plastivorax jusque-là en état d'hibernation se réveilleront et commenceront leur travail.

Il se pencha pour guetter le début du miracle qui se manifesta d'abord par la transformation en gouttelette de la paillette bleutée près du goulot de la bouteille.

— Cela ne devrait pas tarder. Ensuite, il faudra patienter quelques minutes. Pendant ce temps, je peux répondre à vos questions.

— J'en ai beaucoup, mais la première qui me vient à l'esprit est : comment maîtrisez-vous l'appétit de votre *bébé*, si vous me permettez l'expression ?

— Tout à fait. Sachez déjà que notre bactérie n'a pas davantage la possibilité de se répandre que sa cousine, l'Alcanivorax. À l'instar de celle-ci, une fois sa nourriture entièrement consommée, elle disparaît. Malgré cela, nous avons ajouté une sécurité pour interdire toute possibilité de contamination. Notre arme fatale, c'est la mort autoprogrammée. Nous avons introduit dans le génome de notre… *bébé*, comme vous dites, un gène – une instruction si vous préférez – qui limite sa vie à quelques dizaines de minutes seulement.

— Et cela suffit pour qu'il accomplisse son travail ?

— Oui. Enfin… c'est un peu plus complexe que cela, bien sûr. Nous avons créé en contrepartie un autre gène qui, lui, commande une multiplication ultrarapide de la bactérie. Cela fonctionne un peu sur le principe de la réplication virale, en ce sens qu'un individu engendre d'un seul coup plusieurs dizaines de descendants, qui engendrent aussitôt leurs clones, et ainsi de suite. La multiplication est exponentielle. Le résultat, c'est qu'en très peu de temps, des milliards et des milliards de Plastivorax sont produits. Une fois le travail fait, quel que soit leur nombre, ils meurent jusqu'au dernier, ce qui empêche tout risque de mutation. En fait, après des centaines d'essais, nous pouvons garantir que les seules mutations qui restent possibles sont celles que nous imposons dans notre laboratoire.

— Ne craignez-vous pas que d'autres personnes… ?

— Je vous vois venir. Et si des gens malintentionnés s'emparaient de notre invention ? Qu'en feraient-ils ? Elle est le résultat de milliers d'heures de recherche, par une équipe d'ingénieurs de très haut niveau…

— J'entends bien, mais si quand même cela arrivait ?

— Je vais vous dire. En admettant qu'un gouvernement terroriste ou quelque milliardaire fou veuille créer un monstre biologique, ce n'est pas de notre inoffensive bactérie gloutonne qu'il s'inspirerait, mais de la peste bubonique ou de l'Anthrax. Peut-être que cela arrivera un jour, mais c'est un autre débat, et ce ne sera de toute façon pas de notre faute. Et puis je vous rappelle que nous avons reçu l'autorisation de mise sur le marché de notre produit, dans le monde entier ! En somme, Plastivorax n'est qu'un agent de recyclage, totalement respectueux de la nature.

Le rictus peu convaincu que ne put retenir la présentatrice suscita un haussement d'épaules de Dimitri Karadine. Pour Alexandre aussi, un doute demeurait sur cette prétendue absence de danger de dissémination. Il ouvrit la bouche pour le formuler, quand le carillon de l'entrée tinta.

— Mince, grommela son père. Qui vient nous emm… ?

— Sois poli, chéri, s'il te plaît, le coupa son épouse. Je vais voir, mais je devine que c'est la voisine qui veut te féliciter.

— Envoie-la chi…

L'ingénieur se pinça les lèvres. Alexandre éclata de rire, puis s'écria en bondissant du canapé :

— J'y vais !

En moins de cinq secondes, l'adolescent avait traversé le salon, puis le long couloir de la maison, et ouvert la porte. Découvrant l'importun au souffle court et au teint blême qui se tenait sur le perron, il écarquilla les yeux :

— Lionel ?

Ce jeune adulte un peu dégingandé, à lunettes et mal rasé, était l'un des assistants du professeur Karadine. Il tendit la main à l'adolescent qui la serra sans cesser de le fixer avec inquiétude.

— Bonjour, Alexandre. Ton papa est là, je pense. Tu peux le prévenir, s'il te plaît ?

— Qu'est-ce qui se passe ?

— Rien de grave, juste… Fais vite, s'il te plaît. Ça urge quand même un peu.

— Entre, Lionel. Je vais le chercher.

* *
*

De sa vie, Alexandre n'avait jamais espionné son père. Mais ce soir-là, un mauvais pressentiment lui fit commettre ce qu'en d'autres circonstances il aurait qualifié d'*impardonnable trahison*. Il passa dans la chambre d'amis qui jouxtait le bureau du biochimiste et, à l'abri du regard de sa mère, alla coller une oreille contre la porte communicante. Les deux hommes s'exprimaient à voix contenue, si bien que le garçon rata une bonne partie du début de la conversation. Mais bientôt l'émotion finit par donner de la puissance à leurs propos :

— Tu es sûr ? demanda M. Karadine. Voyons, Lionel, tu dois te tromper.

— J'aimerais bien, croyez-moi. Mais regardez ça, j'ai pris ce cliché au microscope. C'est une spore. Une spore de Plastivorax !

Un long silence plana, puis Alexandre entendit son père émettre ce qui ressemblait à un gémissement de détresse.

— Ça remet tout en question, finit par déclarer le professeur. Il va falloir interrompre la commercialisation, reprendre les recherches…

— C'est vous qui allez annoncer ça à Buttler ?

— Oui… enfin, non. Pas tant que nous n'aurons pas la preuve irréfutable qu'il ne s'agit pas d'une erreur de manipulation, ou d'interprétation.

— Je vois. Alors, c'est moi qui vais le faire.

— Il va te virer.

— J'irai me faire embaucher ailleurs, comme journaliste-stagiaire chez *Science sans conscience*.

La plaisanterie tomba à plat. Les deux hommes convinrent de se retrouver le lendemain au laboratoire et, la conversation s'achevant là, le jeune espion dut déguerpir à toute vitesse.

* *
*

Alexandre se précipita dans sa chambre où il se transforma en chercheur… d'informations. Quel si grand danger pouvait représenter une spore de la bactérie mangeuse de plastique de son père ? Il interrogea un moteur de recherche sur Internet et reçut en quelques clics une réponse complète et très technique sur un site de biologie médicale :

« Une spore, lut-il en marmonnant, est un organite qui se forme au sein du cytoplasme de certaines bactéries… *nan nan nan*… ce qui lui permet de survivre dans des conditions très défavorables… La sporulation est le phénomène qui conduit à la spore… La transformation inverse est appelée la germination. »

Un peu plus bas sur la page, il apprit que la résistance des spores à des conditions extrêmes et leur durée de viabilité, qui peut se compter en milliers d'années, sont dues à leur état de déshydratation. Elles restent ainsi *en sommeil* tant qu'elles ne rencontrent pas d'éléments favorables (eau, glucose ou acides aminés). Quand cela arrive, la germination débute aussitôt…

Alexandre se laissa aller contre le dossier de sa chaise en émettant un « whaou ! » d'effarement. Il n'était pas nécessaire d'être biochimiste comme son père pour comprendre la gravité du problème mis au jour par Lionel. Et son imagination s'emballa… *Si la presse apprend que le Plastivorax peut résister à la mort programmée, c'est le scandale assuré. Les associations de protection de l'environnement vont s'affoler et obliger le gouvernement à interdire la commercialisation de la bactérie mangeuse de matière plastique. L'unité de recherche sur le Plastivorax de BioTech sera dissoute, papa sera licencié, ce sera le chômage, la dépression, le divorce… la misère, la honte totale au collège… l'apocalypse familiale.*

« Non, pas ça ! » se lamenta Alexandre, à deux doigts de fondre en larmes.

Mais, tout à coup, la raison reprit le dessus. Ils n'en étaient quand même pas là. Finalement, ce n'est que préoccupé qu'il quitta sa chambre pour rejoindre ses parents au salon. M. Karadine regardait avec fixité l'écran du téléviseur, où son patron exposait avec aisance et fierté les formidables potentialités de son Plastivorax, mais il n'avait plus du tout envie de rire. Une boule d'angoisse noua l'estomac du garçon. Il fit néanmoins l'effort de n'en rien laisser paraître, se souvenant de l'adage souvent répété par son grand-père, toujours avec un grand sourire rassurant : « La situation est catastrophique, mais pas désespérée, et tant qu'il y a de l'espoir, y a de la joie ! ». Pourtant, ce qui apparut à l'écran à cet instant avait de quoi glacer le sang. Dans le bioréacteur, les bactéries étaient entrées en action. La bouteille de plastique transparent s'anima d'une étrange danse du ventre, puis fut prise d'une colique qui la plia en deux. Elle poursuivit son ramollissement jusqu'à se liquéfier totalement et, pour finir, disparaître après un abondant bouillonnement. La scène se déroula à une vitesse si effarante qu'on aurait pu croire à une séquence visionnée en accéléré, si cela n'avait été du direct.

* *
*

Plusieurs jours passèrent, dans une pénible anxiété pour Alexandre. À de nombreuses reprises, il fut tenté d'interroger son père sur la sporulation du Plastivorax, mais c'eût été avouer qu'il l'avait espionné et perdre à tout jamais sa confiance. Il s'abstint donc, observant la situation qui ne semblait guère évoluer, ni dans un sens ni dans un autre. L'ambiance à la maison s'alourdit singulièrement lorsqu'un soir, rentrant très tard, l'ingénieur annonça que Lionel, son assistant le plus proche, avait été tué dans un accident de voiture au Costa Rica, où Buttler l'avait envoyé en mission. Malgré ses réticences, l'adolescent ne put s'empêcher de poser des questions :

— Est-ce que ça pourrait avoir un rapport avec le Plastivorax ?

— Mais non, qu'est-ce que tu vas chercher ? répliqua le biochimiste avec un haussement d'épaules.

— La phase industrielle va continuer ?

M. Karadine lorgna son fils avec une suspicion presque effrayante.

— Pourquoi me demandes-tu ça ? Lionel t'aurait-il dit quelque chose à ce propos ?

— Oh non, c'est juste que…

— Que rien ! Tu m'entends, Alexandre, tu m'entends bien ? Tu ne dois jamais parler du Plastivorax, ou de quoi que ce soit qui se passe ou se dit à la maison, à qui que ce soit ! Je suis très sérieux.

La mise en garde était explicite, mais le regard seul du père aurait suffi au garçon pour comprendre qu'il en allait de la sécurité de la famille. Alexandre n'insista pas et fit semblant d'oublier. Mais à aucun moment, dans les semaines qui suivirent, il ne négligea de se tenir informé de l'avancée de la diffusion de la bactérie dévoreuse de plastique, partout sur la planète ! Le succès annoncé dépassa les plus folles espérances du patron de Dimitri Karadine. Et tout semblait se passer sans le moindre incident, jusqu'au jour où…

* *
*

Il y eut d'abord cet incendie qui détruisit une grande partie des laboratoires de la société BioTech Ingénierie où avait été conçu le Plastivorax. Rapidement identifiée, la cause accidentelle ne laissait aucune incertitude : il s'agissait d'un court-circuit. M. Karadine ne fut guère prolixe dans les explications, mais il suffisait de regarder son visage aux traits tirés et ses yeux rougis d'insomnie pour se rendre compte à quel point l'évènement l'avait affecté. Quelques jours plus tard, sa détresse prit une gravité nouvelle et, d'une certaine manière, déconcertante. Les informations nationales avaient annoncé ce matin-là une catastrophe aérienne au bilan effroyable, puisque l'avion concerné était un Airbus A380. Il s'était abîmé en mer, avec près de huit cents passagers et membres d'équipage. Parmi ces victimes, se trouvait Richard Buttler.

Rentrant du collège, Alexandre trouva son père effondré, comme s'il eût perdu son propre enfant, alors qu'il détestait son patron. Le biochimiste était assis au bout de la table de la salle à manger, le visage dans les mains et gémissant une litanie qui flanqua la chair de poule à son fils :

« C'est de ma faute ! C'est moi qui l'ai tué. Je les ai tous tués ! Tous ! »

Mme Karadine, penchée sur son mari et lui parlant doucement, ne parvenait pas à le raisonner ni à lui apporter la moindre consolation. Alexandre hésita, puis préféra ne pas intervenir. L'estomac noué, il gagna sa chambre, non sans oublier de passer par la cuisine récupérer le verre de soda et la tartine de pâte chocolatée de son goûter quotidien. Une fois dans sa chambre, il alluma son ordinateur. Il voulait obtenir un maximum d'informations sur la catastrophe aérienne. C'est une autre catastrophe qui se produisit, insignifiante en regard de la première, mais qui faillit lui faire perdre son sang-froid : il renversa son verre de jus d'orange sur le clavier de l'ordinateur. Il entreprit aussitôt de nettoyer les dégâts avec une éponge, puis des mouchoirs en papier et, pour finir, avec des cotons-tiges. Et cela, tout en se répétant en boucle que ce n'était rien, qu'il devait se calmer, pratiquer la maîtrise zen, le non-attachement bouddhiste, la respiration abdominale… jusqu'à ce qu'enfin, toute trace du drame fût effacée. Il pouvait reprendre ses recherches.

La soirée ressembla à une veillée funèbre. Pas de télé, un dîner dans un silence monacal, des regards qui s'évitent, la conversation réduite au minimum… Du coup, Alexandre regagna son *domaine* sitôt son yaourt avalé. Il referma la porte en prenant soin de ne pas la faire claquer comme d'habitude. Il se retourna et tomba en arrêt, bouche bée, le souffle coupé, le regard fixé sur le clavier de son ordinateur. Les touches s'étaient ramollies, distordant les signes imprimés dessus, comme s'il se fût agi de petites mottes de beurre soumises à une chaleur intense. Le cadre lui-même commençait à se déformer. Sur le coup, le garçon se demanda s'il n'était pas victime d'un problème de vue, voire d'un malaise cérébral. Mais après s'être vigoureusement frotté le visage, il dut se rendre à l'évidence : son clavier fondait ! Il n'eut pas à réfléchir longtemps pour deviner la cause de ce phénomène effrayant, et à en reconstituer le scénario complet. Celui-ci commençait par un souvenir qui s'imposa à sa conscience : Lionel lui serrant la main, ce soir maudit où il vint annoncer à son chef de laboratoire la probable sporulation de leur bactérie mangeuse de plastique. L'étudiant avait probablement des spores de Plastivorax sur la peau. Il avait contaminé Alexandre qui ensuite en avait déposé sur son clavier. En l'absence d'humidité, ces microbombes biologiques avaient patiemment attendu les conditions de leur germination – un verre d'orangeade en l'occurrence. Alexandre envisagea la suite des évènements avec effroi : après son clavier, la bactérie s'attaquerait à la gaine de plastique du fil qui reliait celui-ci à l'ordinateur. Elle pénétrerait à l'intérieur de l'unité centrale, provoquerait un court-circuit, puis se répandrait sur la moquette et finirait par contaminer toute la maison qu'il faudrait raser !

« Oh là là ! On est mal, on est très mal… » gémit-il en portant la main à son cœur.

Ce n'était pas seulement une dissémination qui venait de commencer, c'était un feu, un incendie bactérien ! Il se précipita pour débrancher, puis jeter dans sa corbeille à papier en aluminium, le clavier ramolli. Cela fait, et rassuré sur l'arrêt de la contamination, il sortit de sa chambre en hurlant :

« PAPA ! »

* *
*

Les conséquences de ce simple jus d'orange renversé sur un clavier d'ordinateur furent, pour la famille Karadine, rien moins qu'apocalyptiques. Sitôt l'alerte donnée aux autorités sanitaires, une armada d'extra-terrestres en combinaison intégrale blanche, un masque à gaz à double *groin* sur le visage, investit la demeure familiale. Dans le même temps, l'armée cernait, non seulement la maison, mais tout le quartier. Alexandre et ses parents furent complètement dévêtus, puis empaquetés dans une combinaison hermétique et prestement embarqués dans un fourgon. M. Karadine eut beau prévenir leurs ravisseurs que si leurs protections intégraient des composants polymériques de synthèse, elles seraient aussi efficaces contre le Plastivorax qu'une feuille de papier pour stopper un rayonnement nucléaire, rien n'y fit.

« Pas de souci, Monsieur. Nous maîtrisons la situation. »

Exactement ce que l'on raconte avant l'aggravation de ladite situation.

De fait, moins d'une heure plus tard, les Karadine apprirent que ce même officier de la Sécurité nationale avait eu droit au sas de décontamination et commencerait sa quarantaine avec la vingtaine de ses subordonnés qui avaient attaqué *sans souci* l'incendie bactérien.

La mise à l'isolement total dura moins de trois jours, mais elle fut à elle seule un véritable cauchemar – surtout les trois douches quotidiennes antibactériennes, suivies d'autant de contrôles. Alexandre se promit qu'à la fin de cette histoire, quand enfin on les libérerait, il ne se laverait plus pendant trois mois. Pourtant, c'est au moment de la délivrance que le pire survint. Cela se passa dans le bureau d'un général trois étoiles, uniforme et coupe de cheveux impeccables.

— Nous avons circonscrit le foyer, annonça-t-il aux Karadine, pâles, fatigués, mais soulagés de retrouver sous peu leur foyer.

— Celui-là, maugréa le père d'Alexandre, mais les autres ?

Le général éluda en poursuivant :

— Malheureusement, cet incident nous a obligés à prendre des mesures radicales…

— Nous allons rentrer chez nous ? le coupa Mme Karadine.

Alexandre sentit son cœur se serrer comme une éponge en percevant la légère crispation qui tendit les traits du militaire. Celui-ci s'efforça de montrer une mine compatissante pour lâcher :

— Nous avons dû brûler tout ce qui pouvait représenter un risque d'extension de la contamination.

La femme ne voulut pas comprendre le sens du mot *radicales* :

— Vous voulez dire, nos vêtements, nos meubles ?

— Le gouvernement mettra à votre disposition une solution de relogement, poursuivit froidement le général. Si bien sûr vous le désirez. À tout le moins, il vous allouera une aide financière d'urgence pour vous aider à faire face à…

Il ne put finir sa phrase et dut appeler la garde pour échapper à la fureur des nouveaux sans-abri.

* *
*

Sa maison étant réduite en cendre, la famille Karadine emménagea chez le grand-père maternel. Le malheur qui la frappait avait anéanti madame, moins cependant que son mari, rongé par la culpabilité. Le biochimiste fut un temps hospitalisé pour soigner sa dépression, puis intégré de force dans une équipe de recherches sur le Plastivorax, quelque part dans un bunker ultrasecret. Avant d'être autorisé à retrouver son collège, Alexandre reçut de la part d'hommes en costume-cravate un éprouvant et interminable débriefing. Ce dernier aurait pu être résumé en un seul mot d'ordre : motus et bouche cousue, sous peine d'être, comme son père, mis au secret à dix mille kilomètres de là et à trente mètres sous terre.

Son retour en classe fut un évènement, que les plus hardis et les vilains esprits tinrent à saluer en le harcelant de questions, jusqu'à ce qu'il s'énerve et finisse par éclater en sanglots. Une fois en cours, les choses se calmèrent et Alexandre retrouva Rachid, son meilleur copain. Afin de lui montrer symboliquement que tout rentrait dans l'ordre, ce pétillant garçon sortit de sa trousse un stylo quatre-couleurs qu'il tendit à Alexandre :

« Tiens, je te rends ça. Tu me l'avais prêté avant... Enfin, voilà, reprends-le. »

Alexandre le remercia et l'heure de maths commença... par une série d'exercices, c'est-à-dire une séance de torture pour cet élève bien plus doué en SVT ou en gym qu'en résolution d'équations. Du coup, il se mit à mâchouiller son quatre-couleurs, tout en bayant aux corneilles, ou plutôt en repensant à la catastrophe mondiale dont son père se rendait en grande partie responsable. Une heure plus tôt, sur le trajet du collège, dans la voiture de son grand-père qui l'avait conduit au collège, la radio avait annoncé trois *crashes* d'avions de ligne, plusieurs incendies majeurs et coupures d'électricité qui avaient affecté de grandes villes durant la nuit. À l'évidence, ça ne faisait que commencer... mais où cela allait-il s'arrêter ?

Le cours de maths passa comme dans un rêve, sans qu'il n'en retienne rien. Lui succéda celui d'anglais.

« Good morning, children ! Today, we will comment on current events by reading the press. »

L'enseignant projeta sur le tableau blanc la une du jour du tabloïd britannique le plus vendu dans le monde, *The Sun*. Le titre en lettres énormes fit sourire quelques élèves, mais flanqua la chair de poule au fils de l'inventeur du Plastivorax :

*L'APOCALYPSE EN MARCHE !

Alexandre était bien placé pour savoir que, pour une fois, ce journal à sensation ne faisait pas dans l'exagération. Il éprouva même une telle angoisse qu'il se demanda s'il n'allait pas vomir. Le professeur suggéra à ses élèves de sortir leur cahier d'anglais et de prendre des notes sur l'article qu'ils allaient lire ensemble. L'adolescent ouvrit sa trousse et émit un bruyant hoquet de stupéfaction.

« Well, Alexandre, what happens to you ? » s'enquit le professeur.

Blême, l'élève tira de sa trousse son stylo quatre-couleurs et le lui montra. L'instrument ploya lamentablement, victime d'un étrange sort de ramollissement. Il y eut un long silence, puis des murmures ici et là. Une fille se leva, une main sur la bouche. Quant à son voisin, il eut un sursaut de recul comme si Alexandre avait eu la peste.

Cette fois, c'était tout un collège qui allait devoir subir la *décontamination radicale*.

* *
*

Une semaine après ce dernier incident – qui se limita à la destruction de quelques dizaines de cartables et à une désinfection minutieuse de tout l'établissement –, Alexandre reprit le chemin du collège. Il était anxieux, mais bien loin d'imaginer qu'il y resterait moins d'une heure et en serait exfiltré par un escadron de la gendarmerie.

Les ennuis commencèrent dès qu'il eut franchi la grille. Des élèves le pointèrent du doigt. Certains en appelèrent à son expulsion, d'autres suggérèrent carrément qu'il fût désinfecté au lance-flammes. Ceux-là n'étaient sans doute que des petits plaisantins, profitant de la vindicte populaire pour jouer aux aboyeurs. Mais à voir leur face hargneuse, il y avait de quoi les prendre au sérieux.

Craignant que l'affaire tourne au lynchage physique, les surveillants mirent la jeune victime à l'abri dans les bureaux de l'administration. Des parents, avertis par leur progéniture, accoururent et réclamèrent à leur tour l'expulsion du jeune infecté. Une petite foule finit même par pénétrer dans le bureau du principal qui, courageusement, semblait prêt à faire rempart de son corps. Jusqu'à ce qu'il reçoive un direct au foie.

C'est ainsi, comme le titra la presse locale accourue aux nouvelles suite à un appel d'un quidam sans doute bien intentionné, que le public put se faire une idée de ce qui attendait le monde, si le mal continuait de se répandre. Et l'on vit même sur Internet tourner les premières vidéos-smartphones postées par des témoins. Eux aussi devaient être *bien intentionnés*, puisqu'ils choisirent de ne montrer que le jeune pestiféré embarqué *manu militari* par la police.

En larmes, traumatisé, Alexandre fut ramené chez lui en fourgon cellulaire, et instamment prié de rester à l'ombre jusqu'à ce que les esprits se calment. Dans les jours qui suivirent, l'adolescent ne mit donc pas une seule minute le nez dehors. Cela lui laissa beaucoup de temps pour suivre l'aggravation de la contamination, classifiée par l'Organisation mondiale de la santé au niveau 6 de l'échelle d'alerte, celle de la pandémie mondiale. Certains experts tentèrent de rassurer la population en jurant que *tout est sous contrôle et le traitement tout près d'être mis au point. D'autre*s, appartenant à diverses ONG, préféraient annoncer le coût estimé de la catastrophe : 570 milliards de dollars, pour les plus pessimistes. Bizarrement, ce genre d'annonces avait plutôt rassuré Alexandre, parce que *si ce n'est qu'une question d'argent, ça ne peut que s'arranger*.

Et puis, oui, finalement, il décida qu'il fallait garder le moral et avoir confiance dans le génie humain à surmonter les pires épreuves. Dans un article d'une revue scientifique, l'adolescent avait lu que l'être humain est un aussi merveilleux jardinier de la nature que le plus destructeur des parasites… avec un petit truc en plus : à la fin, il réussit toujours à trouver la solution pour survivre et prospérer.

Deux visiteurs seulement vinrent lui soutenir le moral : Rachid, qui lui promit de rester son ami « fidèle jusqu'à la mort ! » et Caroline, une discrète petite brune de la classe, dont il n'avait jamais remarqué l'intérêt qu'elle lui portait.

Un mercredi, en fin d'après-midi, ils se retrouvèrent tous les trois dans la chambre d'Alex, afin de faire le point sur les cours et les devoirs. Le garçon, la gorge serrée, leur avoua que, sans eux, il n'aurait pas tenu le coup jusque-là et se serait déjà sûrement suicidé – il y avait là un peu de son côté cabotin qui aime bien dramatiser pour être mieux consolé. Ce à quoi Rachid lui répondit, sans vraiment mesurer la portée de son propos :

— Attends, ce serait trop bête, tu raterais la fin du monde !

La réplique jeta un froid.

— Tu crois vraiment que… que c'est la fin ? demanda Caroline.

C'est alors qu'une exclamation provenant du salon, au rez-de-chaussée, les fit tressaillir :

« Mon Dieu, non ! Oh, non, pas ça ! »

C'était la mère d'Alexandre. Les collégiens se regardèrent et comprirent qu'une nouvelle catastrophe venait de se produire.

— Allons voir ce qui se passe, proposa Alexandre d'une voix blanche.

Depuis le début de toute cette histoire, la télévision était presque toujours allumée dans le salon du grand-père d'Alexandre. La chaîne sur laquelle elle était branchée, et que Mme Karadine regardait distraitement tout en aidant son père à plier des draps, avait interrompu son programme pour donner une information de première importance. Avec une figure décomposée par l'angoisse, une journaliste commentait les évènements en direct. Derrière elle, une retransmission de médiocre qualité montrait une vue lointaine d'un site industriel ressemblant fort à une centrale nucléaire. Un panache de fumée grise s'élevait des bâtiments principaux, tandis que l'une des tours de refroidissement était à demi effondrée. La présentatrice porta la main à son oreille droite, puis acquiesça de la tête.

« Oui. On me confirme à l'instant que le cœur de la centrale de Nogent-sur-Seine qui, rappelons-le, n'est qu'à une centaine de kilomètres de Paris, va inévitablement entrer en fusion. Tous les circuits de refroidissement sont hors service et ne pourront pas être remis en fonction, puisque le Plastivorax a déjà détruit la quasi-totalité du câblage électrique de la centrale. »

— Cent kilomètres ! commenta Alexandre. Mais c'est comme si c'était à côté.

— Attends, c'est pas une bombe atomique qui vient de péter ! tenta d'objecter Rachid.

Une discussion animée s'engagea entre les adolescents, jusqu'à ce que Mme Karadine leur demande de se taire, car la journaliste était en train de faire une annonce :

« Donc, d'après les experts et ce que sous-entend l'Autorité de sûreté nucléaire, la zone concernée par l'évacuation sera de… quatre-vingts kilomètres ! Cela va donc toucher une partie de l'Ile-de-France ! »

— Mon Dieu, s'épouvanta Mme Karadine, mais ça veut dire que…

Suffoquée d'émotion, elle ne put finir sa phrase. La maison était à moins de cinquante kilomètres de la centrale.

— Il faut partir ! Vite ! s'écria Mme Karadine.

— Voyons maman, du calme. Ce n'est pas encore la guerre, tenta de tempérer son fils.

Elle l'attrapa par les épaules pour lui asséner :

— Mais c'est pire, mon chéri ! Dans moins d'une heure, toutes les routes seront saturées. Les gens se marcheront dessus pour fuir plus vite.

Et sans attendre une éventuelle réplique, elle distribua les ordres d'évacuation. Alexandre raccompagna ses amis à la porte. Il était blême et avait la gorge nouée.

— Je suis désolé. On s'appelle et on se retrouve dès que possible.

Rachid lui serra la main.

— Je serais bien resté avec toi tu sais, mais… (Il haussa une épaule d'un air désolé.) Il faut bien que j'aide ma mère et ma petite sœur. Tu comprends ?

Il tourna les talons et déguerpit en courant. Avant de partir à son tour, Caroline embrassa Alexandre qui la regarda s'éloigner. Il avait l'estomac compressé par l'angoisse et pourtant, bizarrement, le cœur pincé d'une petite pointe de bonheur.

— Alexandre ! Mais qu'est-ce que tu fiches ! s'écria sa mère du fond de la maison. Va chercher ta valise.

* *
*

Une fois la voiture chargée du strict nécessaire, la famille embarqua, bien décidée à gagner l'Auvergne où elle savait trouver asile chez l'oncle Bastien. À l'approche de la nationale, les fuyards comprirent qu'il était déjà trop tard. Des centaines de gens, souvent lourdement chargés, qui semblaient parfois regroupés par immeubles entiers, marchaient rapidement entre les voitures bloquées. Alexandre n'en dit mot, mais cela lui évoquait l'exode que connut la France en 1940. Le fléau qui avait alors mis la population sur les routes était qualifié de *peste brune*. Celui qui frappait la France en ce début de IIIe millénaire n'avait sûrement rien à lui envier. Et le grand-père, penché sur son volant, d'y aller de son pronostic qui tue :

— Quand toutes les centrales auront explosé, il ne restera plus que la Bretagne et l'Auvergne d'à peu près habitables. Et encore…

— Je t'en prie, papa, n'en rajoute pas, l'interrompit sa fille. Fais demi-tour, on va trouver une autre solution.

— C'est bien ce que je me disais, approuva le vieil homme en effectuant une manœuvre acrobatique sur la chaussée.

Sur le chemin du retour, l'idée leur vint de tenter d'utiliser les transports en commun, le RER pour commencer puis, en gare de Lyon, le train vers le sud. Avec un peu de chance, les autorités avaient eu l'intelligence d'augmenter au maximum le trafic. À l'approche de la station de RER, ils éprouvèrent une vive déconvenue : comme ils le craignaient, elle était bondée. Toutefois, en rejoignant les quais, ils constatèrent qu'elle ne l'était guère plus qu'un jour ordinaire à l'heure de pointe.

Alexandre tenta une explication :

— Les gens ont dû se dire qu'il y aurait trop de monde et qu'ils fuiraient plus vite à pied.

— Tu as sûrement raison, approuva son grand-père en le serrant contre lui. Avançons. À la prochaine rame, ce sera bon pour nous.

Malgré les sacs à dos, besaces et valises dont ils étaient chargés, ils parvinrent tous les trois à embarquer sans être séparés. Ils en rirent de soulagement, et la mère d'Alexandre s'autorisa un commentaire plus léger :

— Ouf ! Quelle histoire ! On s'en souviendra, n'est-ce pas ?

Le grand-père d'ajouter :

— Ça me fera quelque chose à raconter à mes petits-enfants… (Il lorgna Alexandre de son doux regard espiègle.) Je veux dire à mes arrière-petits-enfants.

Autour d'eux, les gens se détendirent quand la rame redémarra. Mais vingt minutes plus tard, alors qu'elle s'engageait à l'approche de Paris dans le tunnel menant à la station Nation, elle s'immobilisa brutalement et toutes les lumières s'éteignirent. La foule compacte des passagers émit un bruissement d'inquiétude. Bien vite, l'éclairage revint.

« Ce sont les batteries » expliqua Alexandre.

Le conducteur du train annonça qu'ils étaient arrêtés en pleine voie et qu'il ne fallait pas ouvrir les portes. Il termina son annonce en expliquant que l'électricité était coupée momentanément. Un quart d'heure plus tard, elle n'était toujours pas rétablie.

« J'étouffe, il faut faire entrer un peu d'air » se plaignit Mme Karadine.

Aussitôt, son père joua des coudes pour se faufiler jusqu'à une porte du wagon dont il força l'ouverture. Le conducteur informa les passagers que tout le réseau sud du métro était en *black-out* et qu'il n'y avait pas d'autre solution que de patienter en attendant les instructions. Alexandre traduisit à mi-voix pour son grand-père :

— Le Plastivorax a dû bouffer les câbles électriques. Si on ne veut pas coucher là, on devrait continuer à pied.

— Tu as entendu les consignes ? Il faut attendre, objecta sa mère.

— Ce garçon a raison, intervint une femme qui transpirait abondamment. Si on ne bouge pas de là, y aura des gens qui s'évanouiront, moi la première.

Elle donna l'exemple en descendant sur les voies. C'est ainsi que les trois ou quatre cents réfugiés nucléaires gagnèrent, en marchant à tâtons sur les voies, la station de RER qu'ils trouvèrent plongée dans une quasi-obscurité, puisque seules demeuraient allumées quelques veilleuses. Plusieurs voyageurs s'éclairaient avec la torche de leur téléphone mobile, ce qui facilitait grandement le repérage sur cet immense quai.

Alexandre fit alors sa première vraie expérience d'un chaos de fin du monde. Les gens convergeaient silencieusement vers les escaliers, la peur au ventre mais sans paniquer, quand, tout à coup, une femme poussa un cri strident suivi d'une plainte teintée de dégoût. Une onde d'effroi balaya la foule qui comprit vite ce qu'il se passait : la dame venait de poser la main sur la rampe ramollie, en caoutchouc synthétique, d'un escalator. Le fléau bactérien était à l'œuvre.

La coupure d'électricité n'était pas une affreuse épreuve pour tout le monde ; quelques voyous y virent l'opportunité d'arracher ici et là, un peu au hasard, un sac à main ou un smartphone. Cela se termina très mal pour certains. L'angoisse ayant mis les sensibilités à fleur de peau, des hommes leur tombèrent sur le dos, les renversèrent puis les tabassèrent copieusement, et personne n'intervint pour les soustraire à cette vindicte populaire. Des échauffourées éclatèrent dans la gare, et ce furent autant d'étincelles qui mirent le feu à la panique. La foule se précipita en hurlant vers les halls de sortie, s'écrasant contre les tourniquets, piétinant les enfants et les malchanceux qui étaient tombés. Les plus virulents s'ouvraient le passage à coups de poing, tandis que résonnait partout le brouhaha des cris, des appels et des pleurs…

* *
*

Une fois à l'air libre, la famille Karadine prit le temps d'inspirer de grandes goulées d'air frais. Alexandre s'était attendu à retrouver le chaos en surface mais, finalement, dans un singulier contraste d'ambiance, le trafic semblait normal sur l'immense esplanade de la Nation. Les passants n'étaient guère plus pressés que d'habitude et le soleil distribuait généreusement ses rayons apaisants. Mme Karadine proposa de poursuivre en taxi jusqu'à la gare de Lyon, d'où ils prendraient le premier train en direction du sud. Son fils eut la présence d'esprit de procéder à une petite vérification avant de se lancer à la recherche d'un taxi libre :

— Maman, tu devrais regarder sur Internet si la gare fonctionne encore.

— Pour quoi faire ? Évidemment qu'elle fonctionne ! Enfin… j'espère.

Troublée, Mme Karadine prit quand même la peine de se connecter avec son téléphone mobile sur le site de la SNCF. Le verdict ne tarda pas à tomber :

— Oh non, c'est pas vrai ! maugréa-t-elle.

Puis d'expliquer :

— Le trafic vers le sud est totalement interrompu.

— À cause de la centrale de Nogent ? demanda Papy.

— Ce n'est pas précisé. Je vais voir sur un autre site.

Les informations qu'elle obtint accentuèrent son découragement. La circulation des trains était perturbée, non pas tant en raison de problèmes électriques ou d'une potentielle contamination nucléaire, mais à cause des humains ! La gare de Lyon ayant été prise d'assaut par une foule paniquée, des émeutes s'étaient produites qui avaient nécessité son évacuation, puis sa fermeture. Elle n'était certainement pas près de retrouver un fonctionnement normal.

— Qu'est-ce qu'on va faire alors ? s'inquiéta Alexandre.

— Je ne vois qu'une solution, proposa le grand-père, trouver un hôtel dans un quartier calme, pas trop loin de la gare de Lyon, et attendre que les choses se tassent.

* *
*

Deux heures plus tard, ils emménageaient dans un petit deux-étoiles, proche de la place d'Italie, que connaissait le père de Mme Karadine. Le premier réflexe d'Alexandre, tandis que sa mère tentait d'obtenir du ministère de l'Intérieur une conversation téléphonique avec son mari, fut d'allumer la télévision de la chambre. Il crut alors être tombé sur un film catastrophe…

L'écran affichait une carte du monde piquetée de points lumineux rouges clignotants qui désignaient les lieux où la bactérie Plastivorax avait causé des désastres. L'hémisphère nord était logiquement le plus touché, puisqu'il regroupait les pays les plus industrialisés. Un commentaire en voix off expliquait avec gravité qu'il ne passait désormais plus une seule minute sans qu'on annonce un nouvel incident, voire une catastrophe. Le Plastivorax avait trouvé un moyen de diffusion particulièrement efficace : les égouts. Le glouton s'y était répandu à une vitesse hallucinante et remontait en surface sous forme de spores, en se laissant doucement porter par les courants d'air.

« Les autorités s'avouent incapables d'endiguer la contamination, pas plus qu'on ne saurait empêcher les pollens de circuler au printemps, expliquait le présentateur de l'émission spéciale. Cela signifie, avertissent les scientifiques, que dans chaque foyer, chaque usine, chaque véhicule qui n'aurait pas encore été touché, en somme potentiellement partout sur la Terre, sommeille le monstre. C'est la raison pour laquelle les compagnies aériennes du monde entier ont dû suspendre leurs vols, jusqu'à nouvel ordre. Il n'est donc plus possible, même aux militaires, de se déplacer par air nulle part sur notre planète en danger, ce qui confirme le pire des pires scénarios. Les trains eux-mêmes commencent à être touchés… (Étreint d'émotion, le journaliste dut reprendre son souffle.

Comme pour l'encourager, Alexandre l'imita en inspirant profondément.) Quant aux véhicules à moteur, s'ils roulent encore pour la plupart, ne nous faisons pas d'illusion, ce n'est sûrement plus pour très longtemps. Je me tourne maintenant vers notre consultant, le professeur Lambert, l'un des plus grands spécialistes mondiaux de microbiologie. Professeur, rassurez-nous, ce cauchemar va-t-il bientôt se terminer ? »

Le scientifique, les traits tirés de fatigue, resta muet plusieurs secondes, ce qui suffisait à exprimer tout le désarroi de sa communauté. Le présentateur crut qu'il devait reformuler sa demande :

— Professeur, peut-être pouvez-vous…

— J'ai bien compris votre question. Mais je ne trouve pas les mots appropriés pour vous répondre. Une fin à ce cauchemar ? répéta le spécialiste d'une voix lasse. Mais oui, bien sûr, qu'il y en aura une, quand le Plastivorax n'aura plus rien à manger.

— Pardonnez-moi, Professeur. Seriez-vous en train de nous dire que vous… enfin, qu'aucun savant au monde n'est en mesure de nous promettre qu'on pourra stopper cette pandémie ?

Le chercheur dodelina de la tête.

— Tant qu'il y a de la vie, il y a de l'espoir. Si cela peut rassurer nos concitoyens, ce n'est pas la survie de l'humanité qui est en jeu, c'est son mode de vie actuel. Je suis convaincu que lorsque la crise sera passée, nous repartirons de plus belle et même mieux je l'espère, parce que nous aurons remplacé les matériaux à base de pétrole par autre chose. C'est à cela que nous travaillons, en tout cas pour ma part, car pour ce qui est de se débarrasser de ce monstre de Frankenstein…

De ses yeux clairs, il regarda alors fixement la caméra. Alexandre, assis au bout du lit, eut un haut-le-corps, car il lui sembla que le professeur s'adressait directement à lui, une interpellation silencieuse, tranchante comme une sentence de mort : « Merci, Monsieur Karadine ! » Sa mère, tendue à l'extrême, lui arracha la télécommande des mains.

« Ça suffit, Alexandre, éteins-moi ça ! »

Elle jeta le boîtier dans la corbeille à papier, puis s'exclama dans son téléphone mobile :

« Mais enfin, Général, je peux quand même au minimum donner à mon mari des nouvelles rassurantes de sa famille… Quoi ?… Mais non, voyons ! Si c'est vous qui lui dites que nous allons bien, il ne vous croira pas ! Oui, je pense… (Elle émit un soupir de lassitude en se prenant le front de sa main libre.) Entendu, Général, je ne quitte pas. Merci. »

Quand enfin elle entendit la voix de son mari, elle fondit en larmes. Alexandre dut se mordre la joue pour ne pas en faire autant. Il parvint à se maîtriser en se répétant qu'il allait devoir dire un mot à son père, un mot qui le rassurerait sur le moral de la troupe, un mot qui prouverait qu'il tiendrait le coup quoi qu'il arrive, et que son père pouvait compter sur lui pour veiller sur sa mère et son grand-père, et que même il serait fier de lui quand ils se retrouveraient… Sa pensée fut subitement parasitée par une autre, cinglante comme une gifle : *et les centrales nucléaires ? quand elles auront toutes explosé, que restera-t-il du monde vivant ?*

— Alexandre…

Le garçon tressaillit.

— Papa veut te parler.

D'une main tremblante, il s'empara du téléphone mobile que sa mère lui tendait.

— Papa ? Ça va ?

— Oui, mon fils, je suis en sécurité, et vous aussi, m'a dit maman.

Soudain saisi d'une irrépressible bouffée d'émotion, l'adolescent demanda, d'une voix étranglée :

— Papa, c'est la fin du monde ? Est-ce qu'on va tous mourir ?

— Mais non ! Bien sûr que non ! Écoute-moi bien, Alexandre. J'ai confiance en toi, parce que tu es un garçon intelligent et bien plus mûr que ceux de ton âge. C'est aujourd'hui qu'il faut le prouver. D'abord, les gens les plus en danger sont ceux qui cèdent à la panique. La panique, pour la population, c'est l'ennemi principal, pas le Plastivorax. D'accord ? Avec maman et ton grand-père, vous éviterez tous les lieux où peut se rassembler une foule, et dès que possible vous allez quitter Paris. Ensuite, plus vous vous en éloignerez, moins vous serez exposés aux dangers, et quand vous serez arrivés chez l'oncle Bastien, là vous ne risquerez plus rien. Quant à la fin du monde… ce que je peux te jurer, mon fils, c'est qu'elle n'est pas pour demain, ni même pour après-demain. Ce qui est sûr en revanche, c'est que nous mettrons un certain temps avant de retrouver notre vie d'avant. En attendant, les parties de *Zombie-warrior* sur ton ordinateur, je crois que c'est terminé. Il va te falloir trouver d'autres idées pour t'amuser. Pour ça aussi, je te fais confiance.

Rasséréné, Alexandre retrouva le sourire.

— Ah ça, oui, des idées, j'en trouverai !

— Super !

— Peut-être même que je ferai fortune avec, en les vendant sur Internet… euh…

De nouveau, son cœur se serra et la peur se répandit dans tous son corps. Car la perspective de vivre sans Internet, c'était juste impensable, *pire même que la fin du monde*, pensa le jeune geek avant de dire au revoir à son père d'une voix funèbre.

* *
*

Après plusieurs heures d'inactivité et de silence forcé, Alexandre craqua. Il profita que sa mère téléphonait à sa sœur en Auvergne pour se rendre dans la chambre voisine où logeait son aïeul.

— Papy, ça ne te dirait pas d'aller faire un tour ? Tout seul, j'ose pas, et puis si je suis avec toi, maman acceptera plus facilement de me laisser sortir.

Le vieil homme sauta sur la proposition, tel un joyeux galopin sollicité par un copain :

— Et comment ! Préviens ta mère le temps que j'enfile mes chaussures.

Dès qu'ils furent à l'air libre, Alexandre poussa un vrai cri de joie. Il attrapa la main de son grand-père et l'entraîna vers l'avenue d'Italie, embouteillée comme d'ordinaire en fin d'après-midi, mais guère plus.

— Si tu veux, on peut aller au centre commercial Italie 2, sur la place là-bas, proposa le vieil homme. Je t'offre une gaufre à la chantilly et un chocolat ?

— Youhou ! lança l'adolescent en guise d'approbation.

Malheureusement, la mine sinistre des gens, ajoutée au nombre impressionnant de magasins qui avaient baissé le rideau, assombrirent leur humeur. Cela ne s'arrangea pas dans les allées du centre commercial où l'on sentait peser toute l'anxiété de la société. D'autant que, devant un magasin de chaussures, des rubans rouges et blancs venaient tout juste d'être disposés pour en empêcher l'accès. Plusieurs agents de sécurité sur les nerfs ordonnaient aux curieux, presque en criant, de circuler. Alexandre n'eut pas besoin de se rapprocher pour voir ce qu'il se passait ; dans la vitrine, plusieurs chaussures étaient en train de fondre comme du beurre. À l'intérieur du magasin, il put distinguer la commerçante, en larmes, que tentait vainement de réconforter une femme qui pouvait être une cliente.

— Je crois que pour la gaufre, on attendra que le moral soit meilleur, estima le grand-père, en incitant son petit-fils à tourner les talons.

— Mmoui, dommage..., approuva mollement Alexandre. On peut quand même aller faire un tour à la Fnac ? J'aimerais bien me trouver un livre rigolo...

... *histoire de changer d'atmosphère*, ajouta-t-il en pensée. Un moment, ils déambulèrent parmi les rayonnages où ils tentèrent, sans réelle conviction, de trouver leur bonheur. C'est en traversant le secteur des DVD que leur petite escapade tourna au cauchemar...

La lumière s'éteignit tout à coup dans le magasin, provoquant des exclamations d'inquiétude. Alexandre sentit son cœur se comprimer comme une éponge, car il ne devinait que trop la cause de cette panne. Il s'empara de la main de son grand-père et la serra fort.

— Ce n'est rien, le rassura le vieil homme, juste une coupure d'électricité. Il ne faut pas bouger en attendant que ça revienne.

Grâce aux veilleuses de sécurité luisant çà et là au-dessus des portes, l'obscurité n'était pas complète. Cela n'empêcha pas certains clients, sachant les systèmes antivol et les caméras hors service, de commencer à se servir dans les rayons. Effaré, Alexandre vit une jeune femme tout près d'eux glisser dans son cabas à fleurs rien moins qu'une dizaine de DVD. Elle croisa son regard, mais cela ne la troubla pas davantage que s'il avait été un chien.

— Papy, on ferait mieux de sortir, dit l'adolescent, qui pressentait la suite des évènements.

C'est alors que les agents de sécurité, équipés de lampes torches, s'écrièrent depuis l'entrée :

« Mesdames et Messieurs, veuillez vous diriger vers la sortie ! Par ici, s'il vous plaît ! »

La clientèle convergea dans le calme vers les faisceaux blancs qui balayaient l'espace. C'est alors que des appels à la sécurité résonnèrent du côté de la hi-fi et de la téléphonie. Un remue-ménage s'ensuivit, facile à interpréter :

— Ça se bat là-bas ! s'exclama Alexandre.

— C'est le pillage qui commence, précisa son grand-père. Vite, mon petit, il faut qu'on sorte d'ici avant de prendre un coup perdu.

Pour beaucoup d'autres autour d'eux, dont les chapardeurs opportunistes, ce fut le signal d'une véritable ruée vers la sortie. La bousculade provoqua la chute de piles de marchandises, des clients tombèrent, certains furent piétinés. Profitant de ce surcroît de confusion, des individus s'attaquèrent aux caisses. Des employés de la Fnac appelèrent à l'aide. Une petite fille terrorisée poussa des hurlements si stridents qu'Alexandre s'en boucha les oreilles. À l'inverse, des jeunes trouvaient la situation assez amusante pour évacuer les lieux en rigolant bêtement… Bref, c'était le grand n'importe quoi des irresponsables et le déchaînement des instincts les plus primaires.

Alexandre et son grand-père retrouvèrent enfin la galerie marchande, mais ils surent tout de suite qu'ils n'étaient pas encore tirés d'affaire. Des bandes de jeunes pillards, sans doute accourues des environs, s'attaquaient en effet aux commerces, brisant les vitrines à coups de pied ou de poubelles en aluminium.

C'est alors qu'Alexandre se sentit saisi à la taille et vigoureusement emporté. Il en eut un hoquet de surprise.

« N'aie pas peur, mon garçon, je vais nous sortir de là » le rassura son aïeul.

En petite foulée, il transporta son petit-fils jusqu'à un escalator à l'arrêt au bas duquel il le reposa. Sans perdre de temps, ils gravirent les marches, mais furent interceptés en haut par un type qui réclama de l'argent.

« Mais bien sûr ! » répondit le grand-père.

En guise de butin, le malfrat reçut un uppercut dans la figure qui l'expédia à trois mètres. Alexandre en resta figé de stupeur, et soudain il applaudit. La course reprit de plus belle…

De retour en surface, ils découvrirent que le chaos était en train de gagner toute la place d'Italie. Les feux tricolores ne fonctionnant plus, la circulation était devenue infernale. Le métro connaissait pareillement une coupure de courant généralisée. Le grand-père voulut téléphoner avec son mobile pour avertir sa fille qu'ils rentraient et que tout allait bien pour eux, mais constatant l'absence de tonalité, il lâcha un juron en rabattant vivement le clapet de l'appareil. Alexandre comprit que les télécommunications aussi étaient hors service. Il pensa avec effroi : *ça y est, cette fois, c'est vraiment le début de la fin du monde.*

* *
*

Dans les jours qui suivirent, l'effondrement de l'organisation du pays fut spectaculaire. Le Plastivorax avait causé, soit directement, soit par la menace qu'il représentait, non seulement la mort de la *fée électricité*, mais des dégâts de plus en plus considérables sur les matériels, matériaux et machines contenant ou dépendant de la matière plastique. Cela touchait aussi bien le joint de plomberie que celui qui garantissait l'étanchéité d'un tuyau de réacteur nucléaire.

Avant que son environnement immédiat soit atteint à son tour, Alexandre s'amusa à repérer autour de lui dans la chambre d'hôtel – sa mère avait eu la prévenance de louer une chambre pour lui tout seul – ce qui, à plus ou moins court terme, se transformerait en infâme chewing-gum : le pied de sa lampe de chevet, l'encadrement de la télévision, la moquette, ses stylos et sa trousse de collégien, le téléphone fixe et le boîtier de son mobile, les cintres dans la penderie… Dehors, quand il accompagnait sa mère et son grand-père dans l'espoir d'acheter quelques denrées, il imaginait l'état prochain des objets du quotidien : chez l'épicier, par exemple, les sachets et autres emballages de protection, les cagettes, la caisse enregistreuse, les bouteilles d'eau et de lait, le tapis roulant de la caissière… les lunettes de la caissière ! C'était épouvantable ! Le cauchemar absolu ! La *plastique apocalypse* !

— Mais qu'est-ce qui restera quand le Plastivorax aura tout détruit ? s'exclama-t-il un matin, alors qu'il venait d'assister dans la rue à une échauffourée devant un magasin d'alimentation qui finit par être totalement pillé par une foule hystérique.

— De ce qui faisait notre confort, nos petits et grands bonheurs matériels… rien, lui répondit son grand-père d'un air fataliste.

— Tu veux dire qu'on va retourner à l'âge de pierre ?

— Oh non ! Avant, il y aura le Moyen Âge, avait-il répliqué avec une grimace éloquente.

Il aurait d'ailleurs pu ajouter qu'il avait déjà commencé.

C'est ce jour-là que le vieil homme se mit en quête d'armes. Cela fait, il n'eut pas à argumenter longuement pour convaincre sa fille qu'il était temps de quitter Paris pour tenter de rallier l'Auvergne, à pied, comme au temps des carrioles. Quand la décision fut prise, Alexandre réalisa dans toute sa brutalité qu'une catastrophe planétaire n'avait rien d'une aventure exaltante. Il ne put retenir ses larmes.

* *
*

Le voyage vers l'Auvergne s'apparenta à un exode digne des heures les plus noires de l'histoire de l'humanité. L'horreur atteignit son paroxysme lorsqu'une bande de voyous prédateurs attaqua la colonne de réfugiés à laquelle s'étaient joints Alexandre et les siens. Ils auraient pu tous y rester si un autre groupe armé, comme surgi de nulle part, n'avait mis les détrousseurs en fuite. Celui-là s'était autoproclamé *Les chevaliers du Chaos*. La pagaille qui régnait sur cette route nationale 7 était à l'image de ce que vivaient le pays tout entier et sans doute aussi une bonne partie du monde, la plus industrialisée étant la plus touchée.

Le grand-père avait prévenu son petit-fils au moment du départ :

« Tu verras, mon garçon, quand l'anarchie aura remplacé la démocratie, et avant que ne s'installe une dictature, les hommes vont redevenir des bêtes… Non, pas des bêtes, des barbares ! Ils auront tout oublié de la morale, de la générosité, du respect de l'autre et même des principes les plus fondamentaux de leur religion… Tu verras comment l'espèce dominante de la nature sait se montrer supérieure dans le pire, et ce ne sera même pas une nouveauté » termina-t-il amèrement.

L'avenir sembla lui donner raison au-delà de l'imaginable, y compris au fin fond de la verte Auvergne. La civilisation s'effondrant, la planète Terre se préparait à devenir un monde postapocalyptique à la *Mad Max* où régnerait la loi du plus fort, la sauvagerie pure, comme l'avait prophétisé le vieux sage. À une nuance près : les *Mad Max* de ce début de IIIe millénaire allaient à cheval et leurs véhicules, hérissés de lances de fer, étaient des carrioles.

Alexandre tenta souvent, en ces mois de grands bouleversements, d'imaginer ce qu'il adviendrait de lui s'il parvenait à atteindre l'âge de son père. Et de se demander : *mais la civilisation, où en sera-t-elle ?*

(Trente années passèrent…)

Une grande clameur, des rires et des chants résonnent dans le vaste appartement lorsque Karima et Valentin Karadine, deux adolescents blonds comme les blés, apportent le somptueux gâteau d'anniversaire. Sous les regards admiratifs et impatients des convives, dont leur grand-mère paternelle, ils le déposent sur la table des agapes de ce jour de réjouissances familiales. Leur père doit souffler ses quarante-deux bougies.

« Allez, la vedette du jour, à toi de jouer ! » lance une voix enjouée.

Alexandre s'approche, souriant, ses yeux étincelant d'émotion, il fixe sur le gâteau le 42 en chocolat et éprouve une bouffée d'émotion. Quarante-deux ans, pense-t-il, c'est l'âge exact où son père tant aimé, tant admiré, fut tué lors d'un incendie, quelque part dans un bunker de l'armée. Il ne l'a jamais revu depuis ce jour où…

« Alors, papa, tu les souffles ces bougies ? On a faim, nous ! » le presse Valentin.

Alexandre acquiesce d'un léger hochement de tête, puis s'exécute sous les applaudissements. Écourtant la distribution de gâteau, il s'éclipse pour aller respirer l'air frais du dehors, sur le balcon. En appui des deux mains sur la rambarde, il laisse son regard plonger dans la grande avenue des Gobelins, puis suivre un taxi cabriolet tiré par un fin cheval blanc. L'équipage remonte la voie pavée en direction de la place d'Italie. Lui revient alors en mémoire l'aspect qu'avait ce grand carrefour parisien lorsqu'il l'avait traversé au pas de course avec son grand-père, trente années plus tôt. Les voitures à essence y crachaient une pollution nauséabonde, l'énervement des conducteurs pressés se manifestait à grands coups de klaxon, le stress des travailleurs en retard se lisait sur les visages dans le métro… et cette folle vie qui filait à cent à l'heure. Même pas le temps de profiter de l'instant présent, de réfléchir ou même d'admirer ce monde merveilleux qu'on était en train de saccager, et en toute conscience. Comment pouvait-on vivre dans un tel environnement infernal ? Résigné le plus souvent, et c'était bien dommage.

Certes, l'époque de son enfance avait aussi quelques bons côtés. De tout ce dont la catastrophe du Plastivorax l'avait privé, il ne regrettait vraiment qu'une chose : l'ouverture sur le monde que lui offraient la télévision et Internet. Aujourd'hui, comme au XIXe siècle, les nouvelles circulent au rythme des chevaux ou des bateaux à vapeur. Et pour remplacer les films à grand spectacle et leurs super effets spéciaux, il y a maintenant… les romans. Un adolescent français consacre près d'un tiers de son temps libre à lire. Avant la *plastique apocalypse*, il n'y accordait qu'une dizaine de pour cent, le reste étant consacré (sacrifié, dirait-on de nos jours) à garder les yeux rivés sur un écran, même en présence de ses copains, voire à table ! Impensable pour un jeune de la nouvelle ère.

Alexandre se souvient d'une réponse que lui avait faite son grand-père alors qu'en plein chaos il s'inquiétait de ne plus avoir de nouvelles en direct des évènements : « Est-ce que c'est si grave ? S'il se passe quelque chose d'important quelque part, on finit toujours par le savoir. » Si sage grand-père, trop tôt décédé, qui n'aura connu que la rapide descente aux enfers de la civilisation moderne, mais pas sa lente et finalement heureuse résurrection, puisqu'un certain nombre de leçons ont été tirées du passé.

Alexandre se souvient très clairement de l'adolescent qu'il était en ce *temps d'avant* : impatient de tout, exigeant sur des riens qui ne venaient jamais assez vite, enfant gâté non pas tant par ses parents que par la société de consommation de masse qui offrait tant et tant de tentations… Lui, à l'instar de sa génération, était devenu un petit goinfre qui, par exemple, se fichait comme de sa première paire de baskets de jeter dans le bac à déchets, à la cantine du collège, des restes d'une nourriture à laquelle il n'avait qu'à peine touché. Aujourd'hui, une simple carotte met tant de temps à passer de l'état de graine à celle de légume d'accompagnement dans son assiette, qu'il en apprécie chaque bouchée avec reconnaissance.

Si, bien sûr, on ne doit jamais souhaiter le mal pour le bien, le malheur pour le bonheur, il est certain que la *plastique apocalypse* aura au moins eu cet effet positif de redonner de la valeur à ce qui demande tant d'efforts et de temps pour être fabriqué, et au respect de la nature.

« Le respect de la nature » murmure-t-il.

Quand il songe que la catastrophe est survenue quelques mois seulement après que le président des États-Unis d'Amérique – l'un des plus gros consommateurs et pollueurs de la planète – eut décidé de se retirer de tous les accords internationaux sur le réchauffement climatique. Une telle irresponsabilité serait aujourd'hui inconcevable ! Parce que les enfants de la *plastique apocalypse* ne l'accepteraient plus, selon un principe universel : *nous ne voulons pas que nos parents nous lèguent une poubelle en guise de maison Terre !*

Alexandre réprime un frisson, bien qu'il fasse si doux sur ce balcon... Son épouse Caroline, qu'il n'a pas entendue approcher, le prend doucement par la taille, mais ne lui parle pas.

« Tu te souviens comme la circulation était bruyante sur cette avenue ? » demande-t-il.

À présent, n'y résonnent plus que le son métallique des sabots des chevaux et le feulement feutré des roues en bois cerclées de gomme végétale. Les anciens trottoirs et chaussées de bitume sont tous soigneusement dallés de pierre blanche, semblables à des allées serpentant parmi des espaces engazonnés, agrémentés de nombreux parterres floraux. Les lampadaires sont alimentés par une électricité produite dans de gigantesques centrales solaires, qui circule dans des gaines en céramique souple. Ce matériau révolutionnaire a été inventé par l'équipe de recherche dirigée par l'ingénieur de renommée internationale, Alexandre Karadine.

La place d'Italie avait tellement changé, comme tant d'aspects de la vie quotidienne. Contre toute attente et la pseudo-lucidité des pessimistes d'avant la crise, une nouvelle civilisation avait émergé de la *plastique apocalypse*. Non sans douleur. Ni sans violence. Pas encore une société idéale. Juste une nouvelle démocratie qui a dû apprendre à se passer de pétrole et de plutonium pour s'en remettre en grande partie au soleil et autres énergies renouvelables. Alexandre Karadine pouvait souffler, il avait contribué à redonner au monde un avenir. Il n'était plus temps de pleurer, mais de retourner faire la fête.

FIN…

RESTER VIVANT

La collection **RESTER VIVANT** est constituée de nouvelles et de romans qui parlent du monde d'aujourd'hui, en abordant sans détour les questions écologiques, sociales et éthiques qui émergent au sein de la société dans laquelle nous évoluons. Elle s'adresse en priorité aux pré-ados, aux ados... et plus généralement à tous les lecteurs qui résistent encore à l'asservissement des esprits, quel que soit leur âge. Ces livres ont pour ambition, en plus d'attiser l'imaginaire du lecteur, d'éveiller son sens critique et de poser un regard incisif sur nos comportements individuels et collectifs.

192 pages • 14 × 19 cm
12,50 € TTC
Parution : octobre 2017
ISBN : **979-10-90685-97-0**

Au cœur de la forêt amazonienne, en Guyane, une mission scientifique destinée à éradiquer les moustiques tourne mal. Le GENIBE, puissant insecticide, entraîne des mutations dans la nature et le réveil de Zagapoï – l'Esprit de la jungle. L'expédition se transforme alors en cauchemar. Les membres de l'équipe scientifique échapperont-ils au pire ?

80 pages • 14 × 19 cm
9,50 € TTC
Parution : juin 2018
ISBN : **979-10-96935-08-6**

Yvon et P'tit Louis n'ont pas la même vision du monde. Le père d'Yvon est paysan – ou plus exactement exploitant agricole *: c'est un chef d'entreprise fier de sa terre, de ses gros tracteurs, de ses beaux fusils de chasse… et de sa grange pleine de produits phytosanitaires. Le père de P'tit Louis, lui, est ouvrier à l'usine du coin et travaille toutes les nuits… ce qui laisse au jeune garçon tout le loisir de s'intéresser aux activités mystérieuses d'un groupe d'activistes qui squatte près de chez lui.*

Pourtant, les destins d'Yvon et de P'tit Louis vont se croiser, et chacun va apprendre, à sa manière, l'importance de savoir, parfois, désobéir aux règles.

96 pages • 14 × 19 cm
9,50 € TTC
Parution : février 2017
ISBN : **979-10-90685-77-2**

Sénégal, Tunisie, Côte d'Ivoire, Maroc, île du bout du monde… Après ses Jours de neige*, parus en 2016, Claire Mazard promène cette fois-ci ses lecteurs par* jours de soleil *dans les pays chauds. Par petites touches colorées et acidulées, elle observe, constate, dénonce. Cinq nouvelles inspirées de faits réels qui surprennent, interrogent… et inquiètent même un peu parfois !*

104 pages • 14 × 19 cm
9,50 € TTC
Parution : juin 2017
ISBN : **979-10-90685-95-6**

Êtes-vous déjà entré dans une de ces serres en plastique qui couvrent nos campagnes ? Attention : danger ! Avez-vous déjà vu des maisons de vacances gardées par de vrais nains de jardin en chair et en os ? Non, vous êtes sûrs ? Méfiez-vous des visites organisées dans des villages idylliques où l'on reconstitue la vie d'autrefois : elles peuvent virer au cauchemar. Et si, au printemps, vous n'entendez plus le coucou chanter, ne vous étonnez pas, ça devait arriver…

Quatre histoires qui donnent à voir un visage inquiétant de cette nouvelle ruralité qui bouleverse profondément nos paysages et nos vies.

112 pages • 14 × 19 cm
9,50 € TTC
Parution : novembre 2016
ISBN : **979-10-90685-71-0**

Après avoir racheté une station-service moribonde, Gorki y végète en prenant le temps de vivre, sous le regard critique de Gus, un enseignant en dépression.

Mais bientôt, de nouveaux venus vont perturber la tranquillité de la petite commune… Leur présence dans ce coin jusqu'à présent sans histoire serait-elle liée à la construction de ce terrain de golf que le maire de la ville tient absolument à installer… en dépit de tout bon sens écologique ?

Un roman coup de poing en hommage à Rémi Fraisse.

152 pages • 14 × 19 cm
11,50 € TTC
Parution : octobre 2017
ISBN : **979-10-96935-05-5**

Une poule pondeuse et frondeuse. Les pensionnaires étranges d'un zoo extraordinaire. Un mouton mégalomane. Un père et son fils en guerre contre les blattes. Un jeune cadre dynamique jouant les toreros. Les animaux curieux d'une ferme pédagogique ultramoderne. Un chien retraité pas mordu de téléréalité. Voilà les rencontres étranges que vous ferez dans ce livre.

Sept fables contemporaines dont les héros, qu'ils aient deux, quatre ou six pattes, n'agissent pas exactement comme l'on pourrait s'y attendre. Un savant mélange de raison et de folie, de causticité et de gravité, pour saliver de plaisir et se gratter la tête.

104 pages • 14 × 19 cm
9,50 € TTC
Parution : mars 2016
ISBN : **979-10-90685-63-5**

Alors que Thomas ne rêve que de plages de sable fin et de siestes à l'infini, ses parents décident de l'emmener en vacances à Kiev, capitale de l'Ukraine, pas très loin de Tchernobyl.

L'adolescent va y rencontrer Tanya, une étrange lycéenne… Mais pour quelle raison cette jeune Ukrainienne part-elle tous les jours avant le lever du soleil, pour ne revenir qu'au beau milieu de la nuit ?

72 pages • 14 × 19 cm
8,50 € TTC
Parution : mars 2016
ISBN : **979-10-90685-62-8**

Un mariage : quelle meilleure occasion d'exprimer sa joie, son amitié, son amour ? Sa joie ? Son amitié et son amour ? Pas si sûr.

Et d'abord, pourquoi un garçon qui vient d'avoir son bac se marierait-il ? Comment ses amis et ses parents réagissent-ils à cette décision aussi soudaine que mystérieuse ? Chacun, à tour de rôle, parle de Thibault.

Mais, au final, le connaissent-ils vraiment ?

Drôles de noces…

392 pages • 14 × 19 cm
16,50 € TTC
Parution : octobre 2017
ISBN : **979-10-90685-16-1**

Emma est le nom que porte le bourreau de l'espèce humaine. En décimant la population mondiale, ce virus a profondément modifié la définition même d'humanité. Dans un monde où la confiance en l'autre a disparu, Emma a changé tous les repères des survivants.

Ici, pas de monde à sauver, mais une humanité à tenter de garder vivante, et un sens à trouver dans cet univers d'injustices. Un monde allégorique que le lecteur découvrira à travers le regard d'une jeune fille marchant dans les restes d'une civilisation brisée par la peur de la souffrance et de la mort.

Quel adulte peut-on devenir dans une société qui ne voit plus l'humanité comme un acquis, mais comme un privilège vulnérable ?

80 pages • 14 × 19 cm
8,50 € TTC
Parution : octobre 2017
ISBN : **979-10-90685-98-7**

Sur la côte normande, à Ouistreham. Pendant l'année, avant l'arrivée des touristes, les jeunes s'ennuient. Billie, une adolescente à la voix sublime, est minée par un secret inavouable, et vit de plus en plus repliée sur elle-même. Hartman, le nouveau professeur de musique, ex-jazzman au passé mystérieux, tombe amoureux de la voix de Billie. Cherchant à se rapprocher de la jeune fille pour l'aider, il va bientôt comprendre qu'il n'est pas le bienvenu dans ce collège.

96 pages • 14 × 19 cm
9,50 € TTC
Parution : juin 2017
ISBN : **979-10-90685-93-2**

De chaleureuses retrouvailles, un heureux événement, un repas en famille, une journée entre amoureux... Des histoires qui mettent en scène des adolescents ordinaires au quotidien a priori paisible et léger... et qui, pourtant, ne tient qu'à un fil.

60 pages • 14 × 19 cm
8,50 € TTC
Parution : juin 2017
ISBN : **979-10-90685-96-3**

Les parents de Gabriel, 16 ans, attendent que leur fils s'explique sur le coup de fil qu'il a reçu la veille. Hier après-midi, son cousin l'a appelé durant douze minutes et vingt-trois secondes...

Mais que dire quand on n'a pas su soi-même trouver les mots pour éviter le pire ?

Pour aller plus loin,
flashez le QR code ci-dessous

ou rendez-vous à l'adresse
https://www.muscadier.fr/catalogue/plastique–apocalypse/

Ce livre est imprimé sur un papier composé de fibres naturelles,
renouvelables et recyclables, fabriqué à partir de bois issu
de forêts qui adoptent un mode de gestion responsable et durable
– respectueux de la biodiversité, des équilibres écologiques
et de la stabilité économique des populations locales.

Achevé d'imprimer par
l'imprimerie Clerc à Saint-Amand-Montrond (Cher)

Loi n° 49-956 du 16 juillet 1949 sur les publications destinées
à la jeunesse, modifiée par la loi n° 2011-525 du 17 mai 2011

Dépôt légal : juin 2018

Imprimé en France